打開冰箱 拿出來！

文·圖 竹與井香子　譯 蘇懿禎

哪ㄋㄚˇ裡ㄌㄧˇ呀ㄚ？哪ㄋㄚˇ裡ㄌㄧˇ呀ㄚ？青ㄑㄧㄥ花ㄏㄨㄚ菜ㄘㄞˋ在ㄗㄞˋ哪ㄋㄚˇ裡ㄌㄧˇ呀ㄚ？

綠色的，
一球一球的。

想幫忙的請舉手！

哪裡呀？哪裡呀？奇異果在哪裡呀？

在<ruby>西<rt>ㄒㄧ</rt></ruby><ruby>瓜<rt>ㄍㄨㄚ</rt></ruby><ruby>旁<rt>ㄆㄤ</rt></ruby><ruby>邊<rt>ㄅㄧㄢ</rt></ruby><ruby>喔<rt>ㄛ</rt></ruby>。

竹筴魚一夜干
螃蟹
鰹魚
帆立貝
牡蠣
蠑螺
章魚
蝦子
魷魚
龍蝦
海膽

秋葵　巧克力
辣椒　棒棒糖
橄欖　彈珠汽水
咖啡豆　鯛魚燒
椰子汁
棉花糖
哈密瓜汽水

竹輪　美乃滋
雞蛋　飯糰
鮪魚罐頭　蘋果糖
生火腿　豆皮壽司
鑫鑫腸　壽司捲
去骨火腿　握壽司
番茄醬

肉醬義大利麵
蛋包飯　薯條
披薩　烤全雞
馬鈴薯沙拉　焗烤
熱狗　雞蛋三明治
漢堡　肉包

布丁　蘋果派
銅鑼燒　泡芙
糰子串
咖啡凍聖代
造型彩繪蛋糕
瑞士捲　年輪蛋糕
巧克力麵包卷
優格　牛奶

我需要小幫手幫我把蝦子從冰箱拿出來。

一　隻　隻　排　好，
包　在　盒　子　裡　喔。

麻煩你幫我把葡萄柚從冰箱拿出來。

哪裡呀？哪裡呀？葡萄柚在哪裡呀？

黃黃的，圓圓的，
酸酸甜甜的。

今天要去野餐。
誰可以把做便當的蓮藕從冰箱拿出來？

♪有一個一個洞的，
就是蓮藕喔。

嗯，我看看，接下來還需要紅蘿蔔。

是形狀很奇怪的
紅蘿蔔喔。

好期待野餐喔！
做完這個之後，就可以立刻出發了。
你可以幫我把小黃瓜從冰箱拿出來嗎？

青江菜　款冬　蔥
菠菜　蕪菁　白蘿蔔　薑
朝鮮薊　辣椒　彩椒
生菜　四季豆　茄子　秋葵
茗荷　苦瓜　山葵　山藥　慈菇
小黃瓜　櫛瓜　白蘆筍　韭菜
紅蘿蔔　蘿蔔苗　櫻桃蘿蔔　番茄
大蒜　南瓜　白菜　青花菜
白花椰菜　豆芽　蓮藕　芹菜
青椒　玉米　小番茄　高麗菜
牛蒡　竹筍　甜菜　地瓜
馬鈴薯　洋蔥

橘子　西洋梨　梨子
李子乾　酢橘　枇杷
綜合堅果　火龍果　香蕉
檸檬　芒果　楊桃　石榴
草莓　柿子　葡萄柚　鳳梨
酪梨　燈籠果　西瓜　櫻桃
哈密瓜　桃子　李子　麝香葡萄
奇異果　柳丁　栗子　橡實
無花果　杏子　蘋果

年輪蛋糕　糖果
糰子串　棒棒糖
鑫鑫腸　可頌　金針菇
黃芥末　杏鮑菇　番茄醬　螺螺
牛奶　盒裝果汁　布丁
法國麵包　蘋果糖　藍莓塔
口香糖球　蜂蜜　巴伐利亞奶油
爆米花　美姬菇　冰淇淋的甜筒
鬆餅　鮭魚　香菇　圈
培根　舞菇　蒙布朗　甜甜圈
雞蛋　炸豬排三明治　葡萄酒
火腿

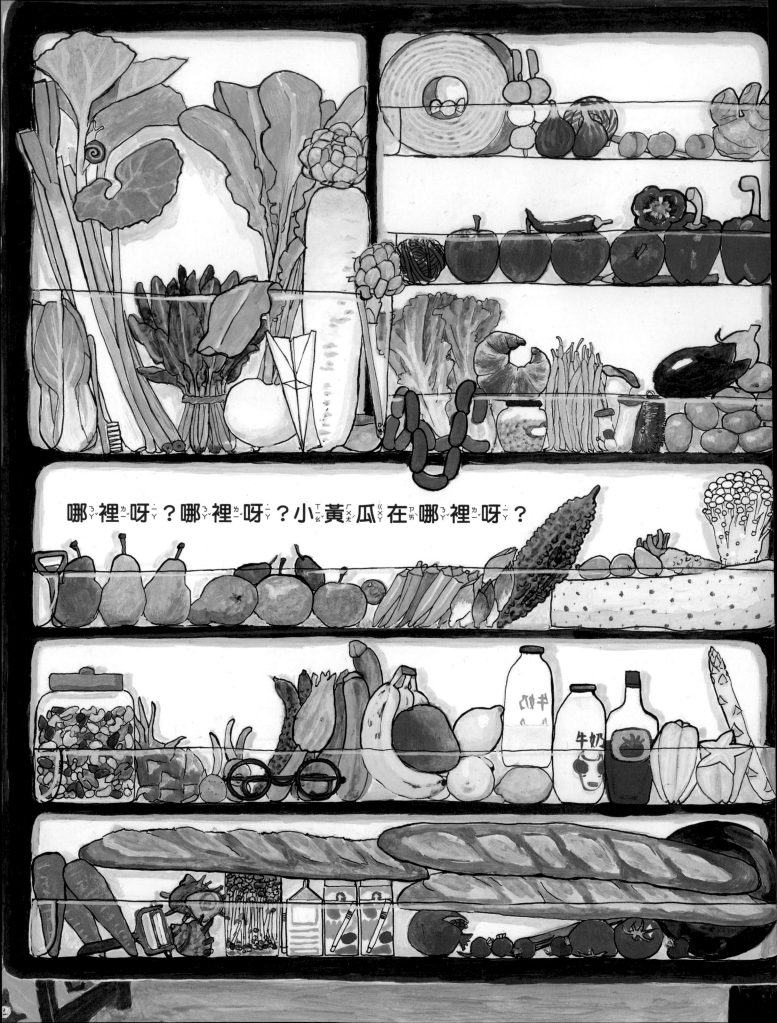

哪ㄋㄚˇ裡ㄌㄧˇ呀ㄧㄚ？哪ㄋㄚˇ裡ㄌㄧˇ呀ㄧㄚ？小ㄒㄧㄠˇ黃ㄏㄨㄤˊ瓜ㄍㄨㄚ在ㄗㄞˋ哪ㄋㄚˇ裡ㄌㄧˇ呀ㄧㄚ？

對了，順便把玉米也拿來吧。

謝謝你們幫忙，
才能做出這麼多好吃的食物呢。
來，大家一起開動吧！

作者介紹

竹與井香子（竹与井かこ）

夫婦兩人組成的創作團隊，目前居住在日本石川縣金澤市。

笹井信吾為石川縣出身，畢業於多摩美術大學。

畑中寶子為北海道出身，畢業於金澤美術工藝大學。

本書的靈感來自於孩子總是想打開冰箱，看看裡面有什麼東西。

出道作品《廁所》（佼成出版社），本書為第二本創作。

譯者介紹

蘇懿禎

日本女子大學兒童學碩士，東京大學圖書館情報學系博士候選人，

研究兒童文學、兒童閱讀，從事圖畫書翻譯、舉辦繪本講座，

並受邀擔任高雄市立圖書館總館童書顧問、新北市立圖書館總館

兒童書區顧問及金鼎獎童書評審。著有《歐洲獵書80天》，譯作無數。

經營臉書粉絲專頁「火星童書地圖」。

打開冰箱拿出來！

文・圖｜竹與井香子　譯者｜蘇懿禎

步步出版

社長兼總編輯｜馮季眉
責任編輯｜陳奕安
美術設計｜蕭雅慧

出　　版｜步步出版／遠足文化事業股份有限公司
發　　行｜遠足文化事業股份有限公司（讀書共和國出版集團）
地　　址｜231 新北市新店區民權路 108-2 號 9 樓
電　　話｜(02)2218-1417　傳　真｜(02)8667-1065
客服信箱｜service@bookrep.com.tw
網路書店｜www.bookrep.com.tw
團體訂購請洽業務部｜(02) 2218-1417 分機 1124
法律顧問｜華洋法律事務所　蘇文生律師
印　　製｜中原造像股份有限公司

2022 年 2 月　初版一刷　2024 年 3 月　初版七刷
ISBN 978-626-95431-1-3　書號：1BSI1076　定價：320元

Original Japanese title : REIZOUKO KARA TOTTE-!
© Kako Takeyoi 2018
Original Japanese edition published by Alicekan Ltd.
Traditional Chinese translation rights arranged with Alicekan Ltd.
through The English Agency(Japan) Ltd. and AMANN CO., LTD.
Traditional Chinese translation rights © 2022 Pace Books, an imprint of Walkers Cultural Enterprise Ltd.
All rights reserved.

冰箱裡面有……

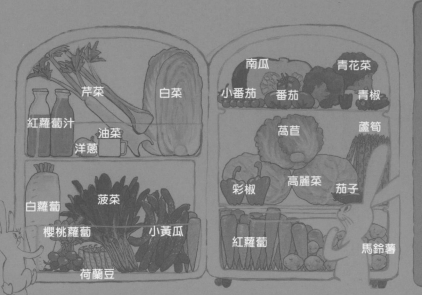

芹菜　白菜
紅蘿蔔汁　油菜　洋蔥
白蘿蔔　菠菜
櫻桃蘿蔔　小黃瓜
荷蘭豆

南瓜　青花菜
小番茄　番茄　青椒
蘆筍　萵苣
彩椒　高麗菜　茄子
紅蘿蔔　馬鈴薯

無花果
木通果
梨子　核桃
蕪菁　石榴　乾葡萄
李子乾
蘋果汁　蠶豆

葡萄果凍　紫高麗菜
蔬菜三明治
杏子　柿子
莓果塔
桃子　麝香葡萄
覆盆子　蘋果
藍莓　桑葚　栗子
草莓　櫻桃　橘子
西瓜
奇異果　小番茄

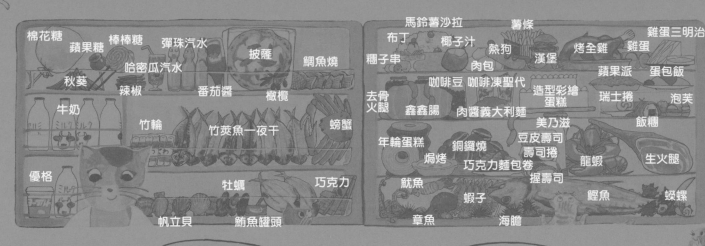

棉花糖　蘋果糖　棒棒糖　彈珠汽水　披薩
哈密瓜汽水　鯛魚燒
秋葵　辣椒　番茄醬　橄欖
牛奶　竹輪　竹莢魚一夜干　螃蟹
優格　牡蠣　巧克力
帆立貝　鮪魚罐頭

馬鈴薯沙拉　薯條　雞蛋三明治
布丁　椰子汁　熱狗　烤全雞　雞蛋
糰子串　肉包　漢堡　蘋果派　蛋包飯
咖啡豆　咖啡凍聖代　造型彩繪蛋糕　瑞士捲　泡芙
去骨火腿　鑫鑫腸　肉醬義大利麵　美乃滋　飯糰
年輪蛋糕　銅鑼燒　豆皮壽司　壽司捲　龍蝦　生火腿
焗烤　巧克力麵包卷　握壽司
魷魚　蝦子　鰹魚　蟋蟀
章魚　海膽

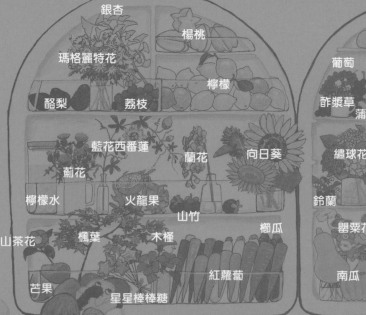

銀杏　楊桃
瑪格麗特花　檸檬
酪梨　荔枝
藍花西番蓮　蘭花　向日葵
薊花
檸檬水　火龍果　山竹　櫛瓜
山茶花　楓葉　木槿
芒果　紅蘿蔔
星星棒棒糖

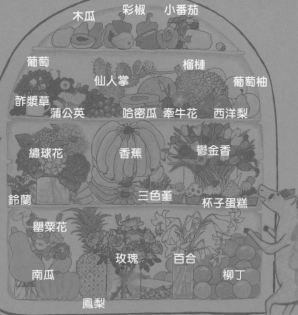

木瓜　彩椒　小番茄
葡萄　榴槤
仙人掌　葡萄柚
酢漿草　蒲公英　哈密瓜　牽牛花　西洋梨
繡球花　香蕉　鬱金香
鈴蘭　三色堇　杯子蛋糕
罌粟花
南瓜　玫瑰　百合　柳丁
鳳梨